恩施州文联第五届签约作家作品

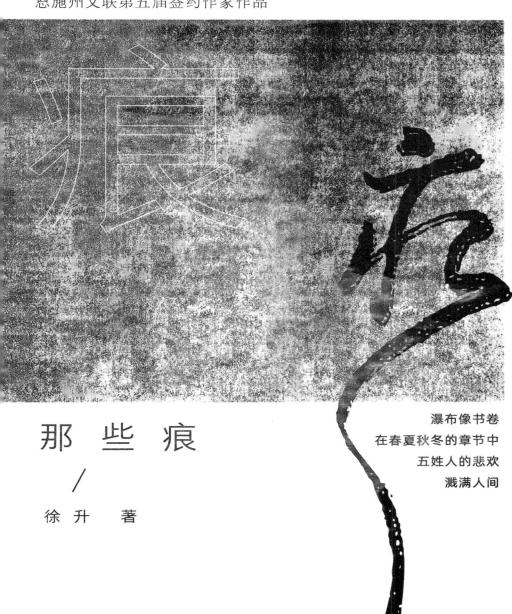

那些痕

徐 升 著

瀑布像书卷
在春夏秋冬的章节中
五姓人的悲欢
溅满人间

山西出版传媒集团

山西人民出版社

图书在版编目（CIP）数据

那些痕 / 徐升著. -- 太原 : 山西人民出版社,
2024. 10. -- ISBN 978-7-203-13576-0

Ⅰ. I227

中国国家版本馆CIP数据核字第2024F4R133号

那些痕

著　　者：徐　升
责任编辑：傅晓红
复　　审：崔人杰
终　　审：梁晋华
装帧设计：成都现当代文化传播有限公司

出 版 者：山西出版传媒集团·山西人民出版社
地　　址：太原市建设南路21号
邮　　编：030012
发行营销：0351－4922220 4955996 4956039 4922127（传真）
天猫官网：https://sxrmcbs.tmall.com 电话：0351－4922159
E－mail：sxskcb@163.com 发行部
　　　　　sxskcb@126.com 总编室
网　　址：www.sxskcb.com

经 销 者：山西出版传媒集团·山西人民出版社
承 印 厂：成都市天金浩印务有限公司

开　　本：890mm×1240mm　1/32
印　　张：6.5
字　　数：150千字
版　　次：2025年2月第1版
印　　次：2025年2月第1次印刷
书　　号：ISBN 978-7-203-13576-0
定　　价：58.00元

如有印装质量问题请与本社联系调换

序
诗人生命感应中的"那些痕"

邓　斌

诗，是历史特别悠久的一类文学体裁。古往今来，凡能传承于世的诗作，总是涵纳着丰富的想象与感情，正如英国评论家赫士列特所说："诗歌是幻想和感情的白热化。"当然，一切想象与感情，总是源于一定的社会生活。诗歌反映社会生活的方式，不要求全面、具体而细致地描绘，而是通过生活的某一片段、某一实体、某一现象，诱发出作者想象的喷发与感情的沸腾，从而激发读者的心弦共鸣。诗的形体之美，主要体现为精练、生动的语言，和谐、铿锵的韵律，而最宝贵的则是灵魂之美，即含蓄深邃的意境、耐人寻味的哲思。因此，独特的语言、韵律、意境、哲思，就结晶成了诗歌作品较为完善的艺术之美。

近日，读到诗人徐升集结为《那些痕》的大量诗作，由于其所表现出来的生活场景，多是我所熟知的景、事、人，其思绪也多与我的心灵感应相交汇，遂有感而发，姑妄评之——

我以为，《那些痕》的"痕"，就是诗人在数十年生活经历中所耳闻目睹的风景风物与人情世故，就是诗人特别熟知的社会世态的岁月划痕。当然，那些"痕"，历受时间风化、空间陶冶，通过诗人用有爱有恨、有苦有乐的心灵烹煮，更是交织成了诗人自身的生命经纬。吟唱那些"痕"，就是在吟唱生命的本身，宣泄生命的感应。

《那些痕》集子中的诗作，诗人将其分为三辑，即"那些风景""那些人""那些思绪"。实际上，每一辑的取材仅仅是各有侧重而已，在每一首诗的具体创作过程中，景、人与思绪，不可能截然地分割开来，往往是你中有我，我中有你。"景""人"一类原生活的"痕"，只有通过"思绪"化的比拟、附会、通感与融合，才能化育成为诗人自己生命的"痕"。

在"那些风景"一辑中，如"人生的路/铺在黑夜之上//很多时候/我们看不见生命的底色/不是因为黑暗/是因为光明"（《痕》），"生命的底色"因"光明"而变得扑朔迷离，自当令人对"人生的路"因"暗"与"明"的背景纷纭错杂而生发出无穷喟叹。再如"绝壁上有两条路/四十八拐和电梯/一条是来路/一条是去路"（《鹿院坪》），曾经只有"四十八道拐"沿绝壁通向外部世界的"鹿院坪"如今安装了"电梯"，这里的"绝壁""路""拐""电梯"等均是独特的"景"，但路是人走出来的，景的主体还是"人"，曾经的"来路"与现实以及未来的"去路"，通过形象类比，则比实景"路"融汇出了更多更深的意境与理念。另如"鹿院坪的人/有着神仙一般的手段/肩挑背驮几百斤/从坑底爬上山顶如履平地/打一杆歇息在陡峭的悬路上/嗨——

呀——/吆喝声山呼海啸一般/卸尽所有疲劳后/又开始下一段旅程/河谷云蒸雾蔚/他们就行走在仙境中，若隐若现"（《梦中仙境》），则通过"鹿院坪的人"导出作为人之生存背景的"景"，景与人互为依托，又巧妙生发出关于"下一段旅程""仙境""若隐若现"等"幻化"情景的思绪。又如"盐道那头/被等待的土家妹望穿岁月/打杆的声音，喊山的声音/化作山泉/盐道这头，剩下的一个乳头/哺育了一代又一代/妊娠纹没有被孩子磨平/和等待的皱纹化作山丘"（《响板溪》），诗歌的意境中不仅有"望穿岁月"的人，还有拟人化的"响板溪"，于是，盐道、山丘，与"人"一并从孩童走向衰老，而盐道之"老"，则暗示着另一类时代里程与生命里程的新生。

"那些人"一辑，诗人或通过标题列出，或在诗行中勾画出爷爷、外公、外婆、父亲、母亲、姻妻、儿子、二叔等亲情人物，还勾勒出街边的男人、瞎子斯田、剪小布团球的女人、吊脚楼上的小幺妹儿、大海边的姑娘等形象，以或赞叹或同情的笔调，描绘出了大山深处的人世百味即人间烟火。这些诗中的"痕"，虽为奔忙于尘嚣中的生命活体，但同时亦有其一帧帧赖以依附的背景图，同时，在表现"人"的字里行间，处处闪现出作者思绪的灵光。"在人生的路上，我的每一颗泪珠里面/都站着精瘦挺拔的爷爷，像一棵松树/热烈在我的血液里，不屈，倔强/坚韧，面对着冬雪秋霜/他的故事像缥缈的乡村的雾/从父亲的血液……"（《爷爷》）；"微雨时，鹿院坪氤氲在雾气中/半坡上，穿着蓑衣的外公挥舞着镰刀，牵引着一方世界的云雾变换/弯架子背起一座座绿色的小山/外公踏着乳白色的云雾/行走在流得出绿色汁液的山路间/勃勃的生机，就从他的草鞋/渗进了他的七经八脉"（《外公》）。从字里行间，我们可以看出，闪现在"每一颗泪珠里面"的"爷爷"的形象"缥缈得像乡村的雾"，而"穿着蓑衣的外公"总是在"氤氲的雾气中""乳白色的云雾"间"挥舞着镰刀"、牵引"一方世界的云雾变幻""行走在流得出绿色汁液的山路间"。诗中的"雾"，忽现忽隐，虚无缥缈，恰似中国画中的留白，寓含着特别丰富的阳春烟景，颇有些诗人为普通山人"浮生若梦，为欢几何"的生存状态，掬一把缅怀与同情之泪的深切感悟，但"倔强""坚韧""勃勃的生机"等语词，则是对亲人的由衷礼赞。写人的方式与角度多种多样，如"外婆坐在堂屋里/像坐在云端的曼妙舞者/捻线，穿针，拉线/每个动作都婀娜多姿"（《夏天的印象》），是直接通过肖像与动作的细节描写，将人物形象刻画得栩栩如生；而"你在冰雪的压榨下是不是嗅到了春天的气息/你的脚下是五颜六色的小野花/你的瞳仁里放射出太阳金色的光芒/你的身躯里的血液在沸腾/骨节在噼里啪啦地伸展/我看见你挺拔了/我也看见我挺拔了"（《风雪中的树》），则通过直抒胸臆，借助形象思维触类旁通，赋予对表现客体特别浓郁的关切悯爱之情。

"那些思绪"一辑，"痕"的主体是"思绪"。但思绪的不可捉摸，仍得通过物化的形象进行展示与勾画。如"燃烧吧，雪/堆满天空/堆满大地/堆满生灵的知觉/燃烧吧，雪/

烧尽虚无／也烧尽真实／／烧成一片苍茫／烧成一片冷寂／烧成一片清白／烧成幻空／烧成绝无……"　（《燃烧吧，雪》），诗中的"雪"，是景，也是物，但作者所呼唤的"雪"的"燃烧"，显然寄托着一种冷热交汇、渴求变异的情绪，而"锻造出来的新绿／正在燃烧的灰烬中蛰伏"，则预示出诗人所渴望的理想境界。"从一个豆大的红点升起／丝丝缕缕，从变蓝的轻烟／若有若无地朦胧了视线／／思绪也有些若有若无／混入轻烟飘散／在空中看不到一丝痕迹……"　（《微醺》），思绪之"痕"，在这里，因其"丝丝缕缕""若有若无""看不到一丝痕迹"，反令人觉得新奇、神秘，且蒙上了一层淡淡的忧伤；"生长了几十年／她把岁月活成扭曲的样子／枝条向四方伸展／每片叶子／都在寻找尊严"（《一棵歪歪扭扭的树》），形象鲜活的比拟手法，使思绪不仅具象化为实景，而且袒露出一定境遇下人的凄苦与人的欲求。"夕阳西下的古道上／那匹瘦马留在了哪个地方／那群乌鸦不见了踪迹／也许它们去了尼采的天堂／／通向世界的各条大路上／此时应该是人车流淌／我的心就被窗外的鸟鸣／堵成厚厚的城墙／／一切／在烟雾中虚无／一切／又在烟雾中明朗"（《孤独》），疑问、揣测、悬想、揭示，交织成思绪的大网，分明是难以捕捉又难以排解的梦影残痕！"你清晰的脚步声／穿过千山万水而来／嗒嗒嗒地踏碎我的心／我无奈的目光／跳出窗外奔向远方／希望照亮你前面的路"（《惦念》），通过与友人远隔"千山万水"的互答，让友情的思绪剪空飞越，足令人产生一种"天长地久有时尽，此恨绵绵无绝期"的人生无常之类的深沉忧郁！总之，思绪之"痕"，一方面依托于景与人之类实体，另一方面，是想象与感情的完美结晶，这正如水的波浪，小如涟漪，大如洪涛，均可通过愉悦、豪爽、凄美、忧患、失落、惆怅、鼓舞、希望等意绪，引发读者对社会人生的宏远思索。

当然，诗人徐升传达给我们的"那些痕"，虽然格调并不低下，内蕴颇具哲思，能够给人一定的生命启迪与心灵慰藉，但由于作者生活层面稍嫌狭窄，创作准备不太充分，从整个集子来看，诗作取材的空间尚未充分展开，诗作的思想力度与艺术水准不太均衡，少量急就章的篇什其意境略显肤浅，语言过于直白，某些地方因形容词堆叠而影响到语言的张力。谨希望诗人在勇敢迈出第一步的基础上再接再厉，精益求精，让诗歌意境融汇到更深广的风情风物与社会世态中，利用美的语言、美的韵律、美的意绪，为读者奉献出更加完美的形象思维，使自己的诗作真正成为一颗又一颗"浑然无迹的明珠"！

2023 年 11 月 8 日写于恩施凉月山墅

【邓斌，中国作家协会会员，中国文艺评论家协会会员，中国散文学会会员，湖北省中学特级教师，湖北省恩施职业技术学院教授。】

目　录
CONTENTS

第二辑　那些人

第三辑　那些思绪

第一辑

那些风景

河雾·断想

一
河，只要一起雾
就会涨大水

二
人，只要易动怒
就会生大病

三
当潮汐来的时候，你还想钓鱼
很有可能，你就会喂鱼

四
黑夜，也许并不想掩盖什么
它只是，不想你看清太多的真相

五
飙车有多疯狂
死亡就有多恐惧

六

暴雨，让我们停下了脚步
也许，是在提醒我们不要一直奔跑

七

失败把我们关进孤独小屋
是希望我们能够愈合伤口

八

你认为的孤独并不存在
只是你没有直面自己的勇气

九

有时你认为的成功也许是失败
有时你认为的失败正带你走向成功

十

所有的情绪都由你把控
但你不相信，你的上帝是你自己

十一

一个太在乎别人肯定的人
往往得不到真正的赞美

十二

一个知晓回报别人恩情的人
往往会获得更多的帮助

十三
不要认为开二十迈就很慢
再快一点你就转不过那道弯

十四
与其拿着画笔描绘一片森林
不如先尝试着栽培一棵小树

十五
如果看到的美好都是别人的
说明你需要去看眼科医生

十六
用你的眼睛去看别人的不好
是用别人的不好来满足你的虚荣

十七
你瞧不起的人
也许他并不知道你的存在

十八
当你感到空虚的时候
就是你最无知的时候

十九
生活给你的伤口越大
你就越不害怕受伤

二十
车子开得越快
错过的风景就越多

二十一
越着急去做一件事
做好这件事的可能性就越小

二十二
当全世界的人都抛弃了你
你还可以回到父母怀里

二十三
当父母不在身边为你遮挡风雨
你要忘记自己还是个孩子

二十四
你对父母有多好
你的孩子对你就有多好

二十五
你过得好的时候的朋友未必是朋友
你穷你落难的时候帮你的人要珍惜

二十六
风大的时候不要害怕
风小的时候才最危险

二十七
躲在大树下面永远长不大
敢于直面风雨才能获得更多的阳光

二十八
烦躁的不是周围的声音
是你没有一颗宁静的心

二十九
河水之所以奔流不息
是因为他知道自己的方向

油菜花

一瞬间，醒来
前面的大小汽车，连成了
火车，望不到头

公路下，河坎上
一丘金黄的油菜花，漂浮在
清澈的江水上面，一瞬间

脑子里开满了，油菜花
金黄的阳光的，结晶
在细密的春雨中，盛开

我们一直在赶路，自以为的
繁忙原来是假象，生活的美好
其实，一直都在身旁

鹿院坪

一

笔架山、玉笔峰
它们之间的砚台
是鹿院
绝版的艺术

二

马鞍山
在神仙洞旁边
苔藓
在我的旁边

三

瀑布像书卷
在春夏秋冬的章节中
五姓人的悲欢
溅满人间

四

鹿饮潭

把其中的十卷史书

洗得一眼望穿

只抠出象形文字

嵌在岩壁

五

绝壁上有两条路

四十八拐和电梯

一条是来路

一条是去路

痕

人生的路
铺在黑夜之上

很多时候
我们看不见生命的底色
不是因为黑暗
是因为光明

我们无惧黑暗
在黑暗中沉思并蓄积力量
迎来一个又一个黎明

梦中仙境

屋后的笔架山
寄托着外公的愿望
笔架山岩壁上石洞里流出的水
外公说是文曲星的墨汁

我真正感兴趣的
是笔架山岩壁上跳动的山羊
还有瀑布下面绿茵潭中的水蛙
那是儿时最美的味道

雨天的鹿院坪
氤氲在流动的透明的雾中
外公坐在屋前的台阶上打草鞋
外婆坐在堂屋的板凳上纳鞋底
雾浓的时候
房屋就飘在空中
外公外婆就坐在云端
云就从我的手指尖穿过

站在屋子右边厢房后面的石坎上
能看见朱家河上方万丈的绝壁中间
挤出来的那道白色瀑布

像一条巨龙冲下河谷
巨大的声音遥远地传来
隔着十里，穿透每一个毛孔
淬炼着鹿院坪人的神魂

鹿院坪的人
有着神仙一般的手段
肩挑背驮几百斤
从坑底爬上山顶如履平地
打一杵歇息在陡峭的悬路上
嗨——呀——
吆喝声山呼海啸一般
卸尽所有疲劳后
又开始下一段旅程
河谷云蒸霞蔚
他们就行走在仙境中，若隐若现

外地人下鹿院坪一趟
是从天上到地下，双腿打战
需要歇一天才恢复体力
从鹿院坪爬上山顶，浑身散架
是从地下到天上
需要歇一个月才恢复一丝精神
鹿院坪的人
男女老少却往返自如
越走越精神
他们四季踩着云雾
他们一生活在仙境

十多年前吧
外公外婆各自选了一座殿宇修行
那是仙境中更神秘的地方
我见不着他们
在梦中的云雾中隐约地看见
外公在打草鞋，坐在宫殿的石阶上
外婆在纳鞋底，坐在宫殿的板凳上
我的手穿过云雾去扯外公的胡须
我的身子穿过云雾躺在外婆的怀里

想做你的一只小鹿
——游鹿院坪

葳蕤的森林里
流泉伴奏
百鸟欢歌
成群的鹿在溪边徜徉
在草地嬉戏

清晨有雾
傍晚有霞
恬静又欢闹地
这么一个诗意而美好的地方
就在四面都是千丈绝壁悬崖的地下

草坪青青
溪水潺潺
想做你的一只鹿
在阳光下饮水
在月光下酣眠

酣睡在故乡的胚胎里

环山　高大
是故乡的子宫
我睡在胎床上
安静了下来

牛铃声从流逝的光阴里传来
与入夜的虫鸟合奏摇篮曲
修复我的听觉
山风，经过月光和露水过滤
穿过千万片绿叶后
抚摸我的肢体
以及我律动紊乱的心

我看见了那只抚摸我的手
在渐渐苍老
我看见了那双望子成龙的眼睛
还是那么深情
我安然入梦，不想醒来

风电

回老家
看见山顶上
高高的风电
在快乐地旋转

赶紧给爸爸打一个电话
快点帮我看看
您给我买的风车
还在不在

喂猪的人

三月买的幼崽
冬月杀
在屠夫将刀子
插进猪喉咙的一刹那
喂猪的人
感觉刀子
插进了自己心里
在屠夫刀子抽出来的那一刻
喂猪的人
感觉喷出来的是自己的血

响板溪

盐道那头
被等待的土家妹望穿岁月
打杵的声音，喊山的声音
化作山泉

盐道这头，剩下的一个乳头
哺育了一代又一代
妊娠纹没有被孩子磨平
和等待的皱纹化作山丘

别恩施

离别的情绪都写在脸上

不舍的不只是大叔大妈

还有小伙子和大姑娘

腊蹄子合渣已经端上桌了

让我们再一次端起搪瓷碗

喝一碗豪放的硒姑娘酒

让我们再一次举起磨砂杯

品一杯温润的恩施玉露

忘不了大峡谷喀斯特自然奇观

忘不了古巴国土司文化的灿烂

忘不了鹿院坪原始村落的鹿饮潭

忘不了梭布垭石林带来的心灵震撼

忘不了八百里清江美丽的画卷

忘不了炕洋芋和合渣饭

忘不了土家人的热情好客

忘不了阿妹儿的温柔阿哥的彪悍

这里是世界硒都，这里是祖国的后花园

这里是我见过最美的地方

这里让我一生留恋

别了，恩施。恩施，回见

野兽与玫瑰的爱情
——咏洞下槽的枯石和玫瑰组合

你终于安静下来
远古的牛角号停了
英雄，看着我
我的刺很锋利
会刺穿你的胸膛
我的花蕊很娇嫩
是你疯狂的兴奋点
投入你的怀抱
就想和你死在一起

十月， 听见成熟的呼吸声

玉米被扭成一捆一捆
挂在吊脚楼上魅惑成熟
辣椒被一根线串着
释放火红的娇媚
田野里铺满了萝卜缨子
绿色的呼吸
需要把心贴近土地才能听见

这就是我心中的故乡
十月的样子
色彩斑斓的呼吸声
像五十岁的汉子展示着最有气势的磅礴
小河是五十岁的女子
澄澈轻微的呼吸声
呢喃着一生中最温软的情话

十月的小河，睁着明亮的眼睛
看见七岁的放牛娃进了学堂
看见放牛的少年离开了家乡
看见二十几岁的放牛娃成家生了孩子
看见五十岁的放牛娃怀抱着孙子
十月，还有自己的打算
打算，再种出一茬庄稼

夏天最后的雨

一

夏天隐忍了很久的暴雨
还是在秋分这一天
落了下来
清江河里奔腾而去的
是青壮年最后的宣泄
在这一天，我
找到了中年的平分线
然后，情绪开始平稳
不怕绵绵的秋雨
慢慢老成雪花的样子

二

就在阳台，入夜
坐在秋分的栏杆上
看见湾河的水
自童年的某个记忆点出发
穿行几十年岁月的峡谷
自这个城区中间穿过
能听到玩伴们的欢笑
能感觉到濯足的清凉
坐在秋分的栅栏上
没有办法拦住奔流的河水
也不必忍住感伤的眼泪

三

清江河啊，浑黄的河水里
泛着洁白的波光
就像在米水河戏水的姑娘
裸露的玉手
撩起的水花和咯咯的笑声
霓虹在河水里荡漾成
秋分之前的故事
姑娘的碎花裙子
在脑子深处刻下的诗行

四

黎明前的大海
和墨蓝的天空拥抱在一起
在浑黄的河水里
海平面跳出的红色太阳
一个姑娘和旭日对望
青春涌动地情殇
秋分也有洪水
可能冲洗掉岁月的蒙尘
还有青春的那一瞬的慌张

五

秋分，将中年分成两半
一半是慢慢泛黄的照片
一半是走向冬季的雪花

蒲公英

天上的碎云，如果落下
是否可以还原，你风华绝代的样子

你分娩的盆腔已经结疤
在哪里，你的骨肉

向日葵

血红的天空，凡·高
把画笔刺进自己的眼睛
将时间和空间扭曲
将你揉进颜料盒里
挂在岁月的墙上展览

你被砍下头。挂在城门的首级
与你相望，你们把太阳举在宇宙
维系一个星球的七情六欲

迎春花

迎接春天。你是最早的信使
从冰冻的时空，倔强地
挺身而出。你把困锁生命的铁链
变成柔弱的枝条，展示
瀑布一般的信念

这是爱吗？四月的冰凌，挂在
你的眼角，把百灵鸟的声音撕破
这是爱吗？五月的暴雨，击落
你的娇躯，人间再也不见你的容颜
你走了。春，也走了

菊花

喂，南山
五柳先生在家吗

已凋落，先生种的菊花
随风去了。她，落了开

我寻了一千七百年
还不如，先生种的花

梅

燃烧吧！你在为谁燃烧
炫舞吧！你在为谁炫舞
你是要融化万年的玄冰
你是要湮灭千年的枯槁
我要与你站在一起
脱掉霓裳
一起燃烧
一起炫舞
我们要燃烧出、炫舞出
一个生机勃勃的春天来

感受
——记修路人

突水。突泥。滑坡的飓风
冲破视网膜
在脑海绵体，刻印

兄弟们，头顶，山丘日月
身子钻穿一座座隧道
沟渠里，流着他们的汗

兄弟们，在生死之间跳舞
兄弟们，把生活揉进山水
兄弟们，用钢筋水泥，挥写诗章

惊奇。惊讶。血液偾张
灵魂，被山川间的丝带盘绕
头痛欲裂，在采访归来

证据

证据，兄弟们生活的
证据，在一碗泡面里吗
没有，纸碗里一点汤都没有剩下

证据，兄弟们哀怨的
证据，在一丝微表情里吗
没有，我只看到朴实淡然的微笑

我一路追寻，想捡到一颗汗水作为证据
在路面，汗水浸入沥青
在隧洞，汗水散在风里
在高桥，汗水落下几十米的河谷

他们站在我的手机里
美颜或放大倍数都改变不了什么
为什么要装得如此坦然
为什么没有一丝抱怨
为什么不向我们诉说点什么
为什么不哭
只是憨憨地笑
为什么，不给我想要的。证据

饭碗

防撞墩，阻止我们
眺望峡谷，一个快餐盒
装满了风雨，日月星辰
装着，一个人的生活
装着，一个家庭
或者，某个愿望

我见过的饭碗，这一个
最高。最难得。最醒目

柔软

站在最高的桥上
感受，坚硬的柔软
邢说，桥不颤动就会断

张说
路修好了，我们就走了
你们，为什么要来
再干几个月，我们就退休了
你们，为什么要坚持
抛妻别子，我们只为修几条好路
你们，为什么这么傻

坚硬的钢筋
弯曲成需要的样子
他们的柔软
躺在路面
站在沟壑里
在隧洞撑起山丘
这是不是就是
修路人的柔软

隧洞

通过隧洞
我们穿过了修路人的心脏
才发现
坚硬的克星是何物

他们在黑暗里探索
固执地
要在大山里面凿出光明
他们用生命堵住了生命的漏洞

鹿回头

到了山顶，心里踏实
寻一把躺椅安抚痉挛的胃
爱人随着摄影师在山上摆拍少女秀

微醉，阳光在遮阳帽上面
海水随着海风漫了上来
身子飘着，不知道是在水上还是在空中

狂风后有雨，鹿的眼泪咬住箭气
雨后天又晴了，一对佳人站在山顶面向大海
过往的人很多，每个人都散发着爱的气息

海

从飞机上下来
登上游轮
进入了另一片天空

这一片天空不安静
蓝色的呼啸在耳朵里穿梭
眼睛被染成深蓝
云海翻腾
想把沉睡的记忆唤醒

如果可以
我不想做你的一条鱼
我只想在眼睛里装上海
更深情地看你
或者
让心成为海洋
你就在海洋里开心地游弋
我不是想束缚你
我只是想给你一个踏实的怀抱

沙滩

金黄的沙滩是诗签
记录了许多情绪

海，像一只眼睛睡在旁边
看着一行行的诗句诞生或覆盖
某一天，海和时间和风一起
悄悄地
把诗签上的情绪擦去

沙滩啊
看得见的细腻
看不见的粗粝

春天， 在深夜将我唤醒

春天，在深夜将我唤醒
把一幅七彩的画
挂在我窗户的玻璃上

她就站在院坝里，轻声
歌唱已经盛开的，桃花
歌唱正在破土的，种子

冬青，躺在她的怀抱里
忘记，刚过去了的寒冷
新叶，正小心地长出来

从窗户里挤进来的风，春风的手
拽着我的思绪，游走在街上
春，絮絮叨叨地讲着她的故事

夜店的门口，有人，有等候的车
街边摊打着盹儿，小店睡在卷闸门后面
街灯给春照着亮，细数青丝

春天，在深夜将我唤醒
她在竹林唱歌，在树叶上唱歌
她把声音烙在我记忆的碟片上

牛铃声叮叮当当，把乡下的春夜
摇成柔美的小夜曲，猫被撩得
发情了，嚎叫像现在的新唱法

鸡是安静的听众，只负责通报时间
狗在村里巡逻，它们的任务很重
村子里很多屋子没有人

我终于知道那些植物，是怎么
抽了枝，长了叶，开了花
只要这样一个夜晚

只要这样一个夜晚，春雨会
滋润每一寸土地，春风会
抚摸所有的物种，不需要等待

我终于知道，所有的力量
都在晚上蓄积，修复
潜滋暗长，都在春天的晚上

二月你要走了

二月
悄悄地在柳树的发丝上
点缀了数不清的鹅黄的芽苞
蒲公英还在沉睡的时候
迎春花活泼地开了

记忆里
漫山遍野的嫩绿
沐浴着，二月的阳光
数不清的花苞，悄悄地占据枝头
就等待，在一个特殊的时刻突然开放
那些鸟儿，衔着百花的香
把日子唱得那么婉转和甜美
她们和花儿一样
好像一直都是一个样子
但是我还是明显地感觉到
今年的她们
和去年不一样了

二月你要走了
三月舒展的芽苞
可是我为什么这么忐忑呢

远去的鸡蛋花

半夜春雷，炸开了鸡蛋花
开在，荆棘丛生的半山腰里
湿漉漉的花，插在啤酒瓶里
把脉搏微弱的手，捧在手心里
我的眼眶里插着泪

四季太长，鸡蛋花
在夏天枯萎了，鸡蛋花
被你埋在了土里

春风，传递出了信息
那天，看见鸡蛋花开了
那一天，我冲动了

现在
只能在梦里
鸡蛋花
若隐若现

小院

春暖花开

柔柔风

细细雨

小院枝头层层绿

鹰高歌

燕低语

百鸟竞姿花开齐

不比

不比

共舞春光诗画里!

春天从枝头飘落

时间终究是留下了痕迹
从含羞的花苞到艳艳的花朵
从艳艳的花朵到片片坠地

不要说不要惋惜
不要说不要忧郁
更不要说一切让她随风去

美好越来越少
为什么不能珍藏在心底
为什么不能去回忆

是的，春天在枝头飘落
就像，青春在无声的逝去
坐在窗边，闻到了果子的气息

燃烧的云

这是一个冰雪的世界
厚厚的积雪像天空的白云
几乎覆盖了一切
我被埋在雪堆中
露一个木偶的脑壳

寂静在零下二十度
和寂寞冷冻在一起扭成麻花
我不知道心脏在哪里
脉搏都似乎停止了跳动
眼珠子目送黑夜交替

一个傍晚
灵魂，飘向天空的云团
她要在云被子里寻找温暖
她要穿过寒冷的时空
解救已经麻木的身躯

云，燃烧起来了
用太阳的火焰裹住身躯
让每一个细胞都充分燃烧
傍晚沸腾了，把黑暗和寒冷挡在门外
一切都似乎活了

雪在融化，气温在上升
地表渐显，生机蠢蠢欲动
可是夜晚依旧来临
融化的激情变成了冰
把生机封得死死的

云，再次燃烧，从冬燃到春
借那太阳之名
烧掉寒冷烧掉孤寂
以春雨和春风之柔
让枯败的大地重焕生机

脖子以下的雪不见了
我挺立在荒野之上
在云的注视下走进第一个季节
我知道云的变幻莫测
但还是感动她的燃烧

我时常遥望太阳
也时常仰望星空
我在地球上艰难地行走
习惯了云的燃烧
人生如燃烧的云

梅菜扣肉

梅菜垫在碗底
上面躺着
八片五花肉

像猪闯进菜园子
啃了一片梅菜
躺在梅菜上睡觉

看雪

站在家门前
我感到很幸福
心里踏实
这个冬季
不用像天空的雪飘忽不定
不知道落在哪里

很多人喜欢雪
都不知道喜欢的原因
只有流浪的人明白
年关将近
那漫天飘飞的雪
有的是思念
落不到地上就化了
有的是回归
总会在某个地方
住下来

丈量

地理课上
同学们在讨论
恩施是东边的山高
还是西边的山高
因为我们在西边
结论是西边的山高

几十年后
我丈量了东边的山
才发现
东边的山比西边的高

小河

一弯清绿的微笑
揉碎了巍峨的高山
高山的每片叶里
便都染上了清绿的想念
我算是一片叶子吧
守在你身边的叶子
夏天因你而疯长
希望长到可以触吻到你的长度

枯黄地随你漂流
随你浅唱随你高歌
随你回旋随你平静
我只想是
随了你了

随了你了
这一弯清绿的小河
清绿的歌声
清绿的微笑
随后便是一辈子
清绿的想念

消失的菊花

突然觉得，院子里少了什么
落尽叶子的李树和桃树还在
秋葵的叶子黄了一些，碎花不见了
几株辣椒掉光了叶子，挂着
青红的果，恹恹地看着泥土
三叶花开得很艳，像抹了玫瑰色唇膏
车前草羊孖草艾蒿占满了荒地
兰草围着墙根，遮挡了一些丑
活过来的冬青显得瘦弱，枯叶不见了
我记得前些日子，它周边开了几株菊花

最美的电线

电线为什么使劲儿往前跑
妈妈，她想快点回家

你说它的姿势那么美
像什么呢

像飞翔的鸟
像风筝的线
像游动的鱼

妈妈妈妈
像你想爸爸的心情

泡儿山的黄昏

黄昏的时候
我们终于赶到泡儿山
青的草坪黄的树叶
正在接收夕阳的洗礼
金灿灿的阳光从五度左右的角度
把一棵棵树画在大地上
把一个个人画在大地上
牛脚窝的江湖里
有生命的影子，牛铃声呢
骑着牛回到圈里去了，满山的泡儿呢
回到了白云里，一个月后
就会以雪的姿态，重新覆盖大地
那么
就枕着头跷着腿躺一会儿吧
看云纱悬停
听微风低语
让金色的阳光
从头到脚一遍遍暖过

第二辑

那些人

爷爷

一

眼眶深陷，眸子如手电筒里面的灯泡
射出震慑心魄的光芒
爷爷高高的颧骨裸露在屋后的荒山上
生命的冢土壤稀薄
感觉只要一场毛毛雨，或者是一夜微霜
就能抽走他全部的生机
但我还是怕他
哪怕他允许我们揪他长长的白胡子

二

他很讨厌老是召唤他去躺下的那张床
但是他又不得不经常躺在上面
我们习惯了他整夜的咳嗽，他也习惯了
房间里弥漫的怪异的气味，我们被禁止
和他近距离接触，他不允许我靠近他
但他又很渴望我去看他，偷偷地说话

三

十几岁的少年，不恐惧直面死亡
爷爷正说着话，突然就闭上了眼睛
他睡着了
他睡在了漆黑的棺材里面
他睡在屋后的田坎上
那一方天地
插满了属于他的旗帜

四

在人生的路上，我的每一颗泪珠里面
都站着精瘦挺拔的爷爷，像一棵松树
热烈在我的血液里，不屈，倔强
坚韧，面对着冬雪秋霜
他的故事像缥缈的乡村的雾
从父亲的血液
孵化到我的细胞里面，但是我
比不上爷爷坚韧，比不上
他游刃有余的乐观

爷爷的拐杖

爷爷的拐杖
放在他的右手边
这是他唯一的随葬品

他的拐杖
就是一根木头
是他棺材木料的一根树枝

爷爷在五十来岁的时候
爸爸就给爷爷合了一口棺材
那个时候爷爷就每天拄着拐杖

爷爷的拐杖从不离手
睡觉的时候都放在被窝里
他说儿子做的拐杖可以让他多活几年

爷爷对爸爸说
你后半辈子命很好
因为你给我增添了人生的力量

爸爸七十多岁了
还可以挑水种地
可他没有拄过拐杖

爸爸退休了
在老家和母亲种着几亩地
爸爸说他要照看那一块地
并把爷爷坟边的一棵树
当作一根拐杖

外公

一

房屋建在半山腰的顶坪
把笔架山山洞里的水引到屋旁
当河谷里的雾在顶坪铺好宣纸
外公握住对门远山的巨笔书写人生
封闭的原始村落没有限制他的想象
他拥有仙人没有的文房四宝

长大后我曾怀疑
外公是不是隐居的高人
穿着蓑衣在山林间割草
背着弯架子在陡峭的四十八拐进出
穿粗布衣服和草鞋的他
把神圣的意志隔代相传
终于在今天实现了书香四溢的梦想

二

微雨时，鹿院坪氤氲在雾气中
半坡上，穿着蓑衣的外公挥舞着镰刀
牵引着一方世界的云雾变换
弯架子背起一座座绿色的小山
外公踏着乳白色的云雾
行走在流得出绿色汁液的山路间
勃勃的生机，就从他的草鞋
渗进了他的七经八脉

屋后是层层梯田
像是登天的楼梯，一直架到笔架山
外公攀爬了一辈子，我想后来
他一定是登梯而上，站在笔架山顶端
踏着傍晚的七彩云，望远而行的
五谷留在了每一丘田上
智慧留在了子孙的血脉里
他和外婆去了牛郎和织女生活的地方
只带走了月牙儿一样雪白的镰刀

无数次凝望星空，总觉得外公在看我
就是不知道到底是哪一颗星星
总感觉外公还在世，笔架山
在很多次幻化成他的身影，我才知道
外公的骨骼居然如此硬朗伟岸
那个在原始村落里休养生息的平凡
只不过是他的谦逊
我惊讶我骨子里的那一丝孤傲
原来是来自外公的遗传
我惊讶我血肉中的一丝才气
居然也是与外公有关
一切，似乎都在他的谋划中

外婆的菜园子

雾从河谷里升腾起来
慢慢地就朦胧了某个早晨
变成一张灰白透明的宣纸
铺在顶坪的那一方田地上

外婆拿着锄头
在画纸上把坚硬的土地翻开
在那黑黄的底色上面
画着春夏秋冬

小白菜在春天
在她的画笔下
一点一点地逼真起来
然后又画在白豆腐的汤锅里

黄瓜藤子在她的画笔下
迅猛地长起来
在架子上，炫耀着金黄的花朵
炫耀着青黄的瓜果

紫色的茄子和火红的辣椒

在另一边各排成诗句

只有南瓜在田坎路边

悄悄地长成橙黄的巨无霸

花朵间有飞舞的蜜蜂

叶尖上有转着眼睛的蜻蜓

空气中有五彩的瓜果香

她站在自己的作品中

画中人是我外婆

夏天的印象

外婆坐在堂屋里
像坐在云端的曼妙舞者
捻线，穿针，拉线
每个动作都婀娜多姿

蝉，配合着外婆的动作
时而舒缓，时而紧凑地唱歌
我蹲在堂屋里看着外婆
我跑到田间树下去看歌者

父亲的新军装

军装到的时候
父亲丢下锄头，跑回家
洗了三十分钟的澡

他穿上军装
自己喊着口令
在院子里走正步
鸟也在树上飞来飞去

他邀母亲站在，光荣军属下面
他不满意照片里
额头的皱纹
要求我一次次重拍

父亲的背

七十四岁的父亲
个子似乎矮了些
但是背还是那么直
他穿着军装昂首挺胸
跟照片里二十岁的他一样英俊

记得小时候
父亲背的柴有山大
我和妹妹骑在他背上
比山还要高
那时候虽然很穷
但父亲的背挺得很直

考上学了
父亲带我去亲戚家借学费
他的背有点驼
直到我分配工作了
他的背才又慢慢直起来

前几年大灾
我几乎瘫痪的状态影响了父亲
他的背日渐弯曲，驼得像一张弓
他说把日子搭在弦上
怎么都使不上劲儿

去年我开始写点东西
精神慢慢恢复了
父亲的背也慢慢挺直了
穿着军装站在院子里
跟他二十几岁一样挺拔英俊

我不知道
我是父亲的脊梁
还是，父亲是我的脊梁

母亲

腊月
母亲围着磨心转
我们
围着母亲转

正月
母亲围着娘家转
我们
围着母亲转

九月
母亲围着庄稼转
我们
围着母亲转

母亲啊
就是磨心
被日子推着
一直在转

依恋你

当我们熟悉了彼此厌倦

才发现，我们更熟悉彼此依恋

当我们熟悉了彼此争吵

才发现，我们更熟悉彼此依靠

生气的时候，一刻

也不想留在你身边

孤独的时候，却是

碎了心一般的想念

我们就这样

磕磕碰碰几十年

我们就这样

恩恩怨怨几十年

我们早已过了

卿卿我我的年纪

可是为什么岁数越大

却越来越依恋

依恋你

习惯了下班回家

看厨房里的水蒸气

依恋你

习惯了穿上你

给我买的新衣

依恋你

做错了事

像孩子一样跟你哭泣

依恋你

习惯了你的责怪和生气

说过一千遍对不起

还要说一万遍我爱你

风雪中的树

不是大雪来得太突然
只是你一直很坚强
一直是挺拔的姿势

其实风雪一直都存在着
不知道从哪一年哪一天开始的
我们忽略了你的感受
只看见了你在成长

后来
一次寒风曾穿过我的胸膛
心冰冻成了铁
我懂我之前的忽略

为什么我就没有成为
站在你身旁的一棵大树
遮挡住大朵大朵的雪花
为什么就没有伸展我所有的枝叶
把你搂在怀里
不让你受到冷风和冰雪的伤害

我真的宁愿
被积雪压弯腰的是我啊
我真的宁愿
被寒风裹挟着的是我啊

我们都能挺过去的
我们是风雪中的树
我们会变得更加坚强的是吗
我想到了大兴安岭的那些高大的树
我想到了黄山傲立于崖壁上的迎客松
我想到了最有用的树是北坡的树
我相信经历了无数风雪的树是最好的树

你在冰雪的压榨下是不是嗅到了春天的气息
你的脚下是五颜六色的小野花
你的瞳仁里放射出太阳金色的光芒
你的身躯里的血液在沸腾
骨节在噼里啪啦地伸展
我看见你挺拔了
我也看见我挺拔了

一个坐在街边的男人

脑壳掉到裤裆里
差一口就咬了命根子
这是一个坐在街边的男人

路灯亮了
陪在他身边的
是一团没有五官的影子

路灯灭了
凌晨的街边
坐着的那一个男人，站起来了

二叔的房子

二叔在山边
拄着拐杖
站在自己的墓碑上
注视老房子
在暴雨中接受洗礼
明天。他的房子将会被推倒重建
那是他咬着牙吐着血
劳苦十几年的肺结核的结晶
是他
给妻子和三个孩子留下的幸福

明天。也许只要十分钟
二叔的房子
就会永远消失
像曾经的二叔一样
轰然倒塌

我相信，二叔不会难过
他一直都在墓碑上微笑着

瞎子斯田

跷着二郎腿，双手交叉
放在膝盖上的右手，夹着一支烟
淡灰蓝色的缕缕轻烟
氤氲了整个山村的黄昏

金色的阳光，经过斯田
慢慢流向屋后的山顶，他的影子
回到了他的身体里，陪同他
和趴在身边的老黄狗，安静地等来夜晚

夜已经很深了，在夏天
只有他养的蜜蜂、鸡、牛，还有
老幺和他的孩子们都睡了
斯田才关上大门，让日子也睡下来

那是四十多年前吧，他陷入回忆
灰蒙的眼眶像遥远的宇宙，深邃
深邃得淡然，似乎被炸瞎的不是他自己
他是在讲，一个英雄的故事

修家乡的公路，他是开山劈石的勇士
只有他懂得在凿开的石洞中，如何
放炸药，如何不让石头飞起来
如何，用同等量的炸药撕裂更多的顽石

不幸只是一个故事，坚强
不值得一提，因为
他的每一天都是感人的，他是
活着的一部还没写完的长篇小说

二十年前不进孤老院，是因为
要赡养双亲，送终尽孝
六十了也不进孤老院，是因为
要帮助老幺带孩子，撑起一个家

他的针线活，整齐、平整
补丁像高级的工艺品
他种的菜园子，丰富、茂盛
是农艺师的示范田

他把日子过得，精致
不能再简约了，像极简
极生动的素描，却又像
极细腻的工笔画微毫清晰

院子里十来户，没有
不欠他工欠他人情的，而他
像他身边的老黄狗，从来
没有求助过任何人，任何人

我怀疑，自然的雨露
早已治好了他，他的眼睛为什么
无障碍的看得清山石田土日月星辰
看得清，世间百态和自己

像屋子旁边那棵老核桃树，斯田
粗糙质朴如树皮，斯田
黝黑消瘦如枯枝，斯田
磅礴地想要把枝叶伸向苍穹

讲述俄乌时局，他像
军事专家亲历了现场
说起乡间奇闻，他像
若干故事的目睹者

他神奇的
可以从大山丛林中背柴回家
他神奇的
可以从山洞里挑一桶水出来滴水不荡

他神奇的
知道来往的陌生人是干什么的
他神奇的
可以将飞散的群蜂招进蜂桶

没有人敢轻视他，没有人
没有人能超过他，没有人
没有人像他一样看淡一切
他是真正的大地之子

夜，很黑很黑
很黑很黑，夜
那些蒙在云被子睡觉的星星
是斯田的眼睛

小布团球

昨天傍晚，天空多彩的云
就穿在面前这个女人身上
女人拿着剪刀
把旗袍
剪成一块一块的

一只黑白花的狗
把女人扔出去的小布团球
轻轻地叼在嘴里
像狮子一样摆弄姿势
逗女人开心，狗也像天上的一朵云

今天傍晚，女人还是坐在那里
剪碎了的五颜六色的布
贴满了天空
那只狗，还是叼回一个小布团
摆着姿势逗女人开心

小布团球外面
缝了八块颜色不同的布
连接的针线像扭曲的伤口
这些裙子穿了给谁看的
那只狗喜欢裙子拼成的小布团球

风起了，碎花布随风炫舞
她站起来，提着剪碎的裙子起舞
晚班机划过夜空
带走了天空的碎花布
那只狗，还在玩小布团球

芍药花

芍药花的花苞
害羞地躲在绿叶间
吊脚楼上的小幺妹儿
那么清纯那么羞赧

盛开的芍药花
燃烧了十乡八寨
女儿会上的小幺妹儿
那么火辣那么惊艳

幺妹儿就是那芍药花
是那仙女到了人间
幺妹儿就是那芍药花
让人着迷让人痴念

幺妹儿就是那芍药花
开在烟雨里开在我心里
幺妹儿就是那芍药花
开在我心里开在我梦里
幺妹儿，幺妹儿

大海边的姑娘

在那遥远的地方
有一片蔚蓝的海洋
在那海边的礁石上
坐着一位美丽的姑娘

天空绚丽的朝霞
是她漂亮的霓裳
她那明澈的眼睛
是那洁白的月亮

啊，啊。大海边的姑娘
你是我心中的太阳
你驱散了黎明前的黑暗
你让迷茫的水手看到了希望

啊，啊。大海边的姑娘
你是我心中的太阳
无论我蹉跎了多少岁月
我都有勇气继续扬帆远航

永远的兄弟

走出大山的时候
世界是个气球，越吹越大
回到山里的时候
满地碎片，吹着冷风

今天，我鼓起勇气
拨打了很多电话
有一个电话回了过来
三哥说：你是我永远的兄弟

我不知道，永远有多远
我只知道，在这一刻
我的泪珠滚落在泥潭里
铺了一条路，身边有兄弟

第三辑

那些思绪

错觉

在墓园，看墓碑
像高楼

在山顶，看高楼
是墓碑

燃烧吧，雪

噼里啪啦
炸开了
燃爆了
白色的火星
铺满了天空

人们躲了起来
把笑声关在屋子里
用各种办法抵御燃烧的灰烬

燃烧吧，雪
堆满天空
堆满大地
堆满生灵的知觉
燃烧吧，雪
烧尽虚无
也烧尽真实

烧成一片苍茫
烧成一片冷寂
烧成一片清白
烧成幻空
烧成绝无

烧完了
烧完了吗

你发现
公园的长椅还在
厚厚的棉垫子
还是在等待
执子之手的感情
还在给人以怀想
天真无邪的笑声
还是在燃烧中回荡

你发现
燃烧的灰烬长成了天使
满脸的笑
雪一样的光芒
雪烧得越厉害
她笑得越灿烂

你发现
在烧得冰冷的世界里
两行脚印炼成了钢的情意
两颗丹心熔成了玛瑙的绚丽
没有伞的遮挡
还会燃烧下去

燃烧吧，雪
燃烧得越充分
结晶越漂亮
燃烧得越充分
残渣就越少

我看见了
锻造出来的新绿
正在燃烧的灰烬中蛰伏
我看见了
花的颜色正在灰烬中调配
来年。叶更绿
花更美，果更香

一碗面

水开了。刘师傅
抓一把面丢进锅里
接一碗冷水端在手上
水开了
他往锅里倒一圈冷水
水又开了
他再往锅里倒一圈冷水
我问他
为什么要不断地倒冷水
他说
不倒冷水的面
没有嚼劲儿
人也是一样

新生

冬青去年酷暑死去的时候，保持着
站立的姿势，所有的枝
没有弯曲，所有的叶
都没有掉落，它活成
一个生命的标本

我曾试着砍了它，繁盛的枯叶
那么干净，那么整齐
我下不了手，陪同它
又过了一个寒冬，我终归是
被它的精神震慑了，所以
陪同它一起做梦，等待重生

我的心也没有死，一份倔强
熬过火热的夏和冰冷的冬
绝望中总有不甘的希望和力量
终于从枯枝中孕育了几片新叶

连绵的雨下了多久，我就
哭了多久，雨停了的时候
睁开眼，就看见冬青长出了
许多叶子，零星地散在繁密的
枯叶中间，像我白发中长出的黑发

也许，要很多岁月的日月雨露
冬青才能长成原来的样子
这已经不重要了，它已经
渡过了这一次劫，它已经能够
微笑地走向往后所有的冬夏

等你一千年

哪里来的酒香
醉了不喝酒的人

是满院飘飞的桃花么
舞得如此热辣，醉得那么羞红
热乎乎的带着酒味的气息
让人内心疯狂地躁动

是那乳白色的嫦娥的光辉么
从李白的金樽中溢出
飘荡了一千多年
就为寻得一个一起喝酒的人

我也是醉了，来来来
羞红的花瓣，乳白的月光
一起醉在春风里
醉在春风里不要醒来

你在一千年前，等我
我在一千年后，等你

错

无论是对还是错
我不应该对你那么好
才有了一次对你不好的仇恨

无论是对还是错
我不应该执念寻觅
才错过了最美的风景

我不应该不顾危险地攀爬
哪怕也曾登顶过一些小山峰
才会有几近毁灭的衰落

我不应该在跌得粉身碎骨之后
还要拼着最后的一口力气
一次一次地想要爬起来

但是即便重新来过
我还是会犯同样的错
我喜欢品自己的血和泪

被遗忘

小园子被荒芜的时候
荒芜的，还有我们的生活

往年，小白菜
不等长大，就上了餐桌
现在，小白菜长大了
在荒芜的小园子里
开满了金黄的花

原来，被遗忘
才有，开花的机会

随想

湿漉漉的雨声
滴落在灰色的雨棚上
计算着时间的流逝

城市的霓虹灯
又亮了起来
把这个夜晚送到天明

小时候，夜晚的雨

会从屋檐和那些树叶上落下来

把隔壁家的牛铃铛敲响

山村特别安静

狗和鸡都不作声

各种鸟也不唱歌了

就像舞台上就只有

雨和铃铛的合奏

这样的夜晚睡得很沉

第二天早上，已经快到中午了

村里的人都忘记了醒来

或者醒来了又继续

睡到自然醒，睡到自己满意

不上学的日子

孩子们可以睡到第二个

夜晚来临

二一年春天的长沙

雨把我从周一锁到周日的凌晨
心都被雨箭射乱了
空气中弥漫着血腥的气味
邻家的猫偶尔窜过来
匍匐在阳台上，在深夜
恶毒的眼神似乎在觊觎什么
我没有赶走它
我觉得它很亲切
十四块的外卖里面
有一只鸡腿，最值钱的
我会留给它

那一天夜比今晚黑
雨比今晚大，我被逼在餐馆
包间里面的墙角，以斗士的勇气
嘶吼五个纹身的大汉子
法律和道义被隔在门外面
梦想变成黑夜的颜色
燃烧后留下满身的疲乏
而雨，是燃料
岁月的美好，成为燃烧后的
一缕水雾

院子里去年干旱枯死的树
叶子还是那么浓密，枯黄之外
保持着叶子应有的姿态
很美，那是它的史诗
它用自己的方式展示倔强和不屈
它的倔强和不屈变成了新叶
从根部上的几根细枝上长了出来
我忽然明白了
这雨棚上密集的声音
应该是在为它欢歌

枝上一只小鸟

天很蓝
覆盖了所有的真相

这个孤独造型很酷
天很冷

所有的小鸟
其实都想飞高

其实这小鸟
眷念着她的巢

微醺

从一个豆大的红点升起
丝丝缕缕，从变蓝的轻烟
若有若无地朦胧了视线

思绪也有些若有若无
混入轻烟飘散
在空中看不到一丝痕迹

其实没有醉
一杯可乐而已
但是一个人喝得很热烈
有点醉酒的微醺

一棵歪歪扭扭的树

生长了几十年
她把岁月活成扭曲的样子
枝条向四方伸展
每片叶子
都在寻找尊严

我是第一个到地铁站的人

赶到地铁站的时候
卷闸门还没有打开
地铁里面黑漆漆的

四周还很黑
初春的冷气还包围着这座城市
我打着寒战
等来了天边的亮光

卷闸门嘎啦嘎啦地拉动了
地铁里的灯突然亮了
我一个人赶紧跑进去

必须掐点赶到火车站
3252 不会等我
时间更不会等我

在一千公里之外
早就约定了等我
很高兴这个凌晨
从一个地方到另一个地方
我是第一个赶到地铁站的人

新年的祝福

新年里的阳光
似乎比以前任何一个日子
都要明朗，都要温暖
她轻轻地落下来
仔细地照在万物之上
她小心地渗透万物的表面
想把那些黑暗、冰凉都融化掉
她是母亲，也是天使
她是我们每个人的希望
她是我们每个人都渴望的安居乐业的日子

新年里的春风
似乎比以前任何一个日子
都要温柔，都要细腻
她轻轻地吹过来
温柔地抚摸着万物的面庞
她小心地抹掉万物的残泪
想把那些恐惧、悲痛都抚摸掉
她是母亲，也是天使
她是我们每个人的希望
她是我们每个人都渴望的平安无惧的日子

我啊
把祝福融进阳光
祝福朋友们今后的每个日子
都温暖幸福
我啊
把祝愿融进春风
祝愿大家再无恐惧再无伤悲
平平安安健健康康
让我们一起
向幸福出发

别人的爱情

也许我是操心多余
每一对人日子久了
都有化解矛盾的方程式
这个方程式只有他们两个人有解
这就是他们的爱情密码
旁人也许不理解
旁人根本看不懂
但是无所谓
只要适合他们就行

恍惚

遇见的人，以为是你
平静的心，狂跳不已
就在这一刻
激活了二十多年前的记忆
回过神来，只剩凉风习习

孤独

隐约的月亮
黑夜里只见一点暗淡的微光
茫茫沙漠里瘦弱的小树
秋风里只剩一片叶子的枯黄

夕阳西下的古道上
那匹瘦马留在了哪个地方
那群乌鸦不见了踪迹
也许它们去了尼采的天堂

通向世界的各条大路上
此时应该是人车流淌
我的心就被窗外的鸟鸣
堵成厚厚的城墙

一切
在烟雾中虚无
一切
又在烟雾中明朗

我把阳光攥在手里

蛛丝在阳光里闪耀
微风弹拨着它

高楼，让出了一块蓝天
这一刻，我看见了云

我把阳光攥在手里
在天黑的时候
给每个窗户装一个太阳

雨夜

暴雨射击着雨棚
枪炮声在地面开花
占领了夜幕中的小城

雨太密
纺织成布
一层一层的
把这个夜晚裹紧

汽车烧着涨价的汽油
或叹息或呜呜地
在街道上奔跑
像船

诗人闭着眼睛
想把这个世界看清楚
雨停了，天亮了
没有看清自己

冷夜

我把手贴在月亮的脸上

希望把太阳的温暖传给她

星星冷漠的目光

把黑色的夜幕涂得更黑

时空中冷飕飕的风

陪伴我见到了不想见的医生

医生的嘴巴和下颚被口罩遮着

目光像天上的星星

他的手有着太阳的温度

但我不是他的月亮

坐

不知道是什么时候
他，坐在阳台上
太阳从对面升起
越过房子
不知道从哪座山头落下了

看得见的灯光
一点一点地亮了
看得见的灯光
一点一点地灭了
听得见的声音
一点一点地多了
听得见的声音
一点一点地少了

月亮从对面升起
越过房子
不知道从哪座山头落下了
阳台上，开满了花

堵

城里的街道上
二十四小时都有车在穿行
除了我的心里
黎明或深夜是不堵的

车内，安静的时候
总能听到哗哗的流水声
可能是发动机出了问题
只是我不知道
是先去医院，还是先去修理厂

失望

前面的粉色车一个急刹，停了
我的胸膛撞在方向盘上，车停了
前面开车的应该是一个美女

倒车，再缓缓地擦车而过
都默契地打开车窗
一张烧饼脸
两颗龅牙没有穿唇衣

爸爸的电话

在晚归的路上
我看见爸爸的声音
点亮了路灯
路灯把黑暗
顶在了瘦弱的肩上

坚持者收获了希望

窗外，挂满了机器的轰鸣
放眼望去，都是嗡嗡的耳鸣
春风送不进来白花的清香
昨夜的烟熏还残留在阳台上
河对面的楼顶着遥远的天际
天际下面应该是江山万里
河的尽头应该是春暖花开
一个红衣少女在黎明面朝大海
灰暗的天空出现了裂痕
柔弱的小草击碎了轰鸣
蛋黄色的果香金黄的麦浪
那是坚持才能收获的希望

雨刮器

两根眼睫毛
怎么擦得干
你的眼泪
好不容易看得清的前方
一会儿又模糊了
雨太大啦
雨太大啦呀

这是一个什么样的夜晚

汽笛一直在我耳朵里乱窜
这是一个什么样的夜晚
往事一直在我脑袋里回旋
这是一个什么样的夜晚
让人害怕又期待见到明天

滴答

滴
滴答
滴答滴
滴滴答答
滴答滴答滴
敲碎了夜的雨
滴答滴答情在碎
滴答滴答梦想在碎
滴滴答答精神也在碎
滴答滴答滴意识也要碎了
黑夜就把你这样网着了
你就看着自己一块块碎了
想呼喊却发不出声音
发出的声音也都碎
只剩下一颗真心
滴答滴答颤抖
滴滴答答滴
滴答滴答
滴答滴
滴答
嘀
泪把梦粘贴好
又开始做梦了

给心放个假

静静地，平躺着
像静静的小船
躺在平静的蓝色海面上
日子，就在这一刻
安静了下来
呼吸的气息
像雾一样弥漫了远山
高远的天空
还是立在心的顶端
突然地辽阔
突然地细腻
听得见远山的鸟鸣
听得见峡谷泉眼的小曲
听得见童年里竹笛的宛转
有点心疼自己
就奢侈地给心放个假
就这样
像平静海面滞停的小船

惦念

你清晰的脚步声
穿过千山万水而来
噔噔噔地踏碎我的心
我无奈的目光
跳出窗外奔向远方
希望照亮你前面的路

致来访 QQ 空间的朋友

凌晨两点半
被你的气息唤醒
你的指痕滑过我空间的每一处
都留下一些温暖
忽然间明白
人世间最近的距离
不是执子之手
而是心心相印

疑惑

轻柔的风是你的气息么
细软的雨是你的羽毛么
你那么一刻的停留回眸
留下空蒙的雨雾
叫我，叫我的心在哪里找到归宿

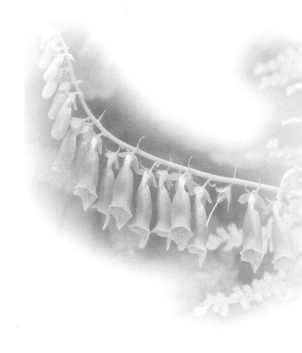

交织

飞机即将
在白云机场降落
我看见
百千条项链错落
万亿颗宝石闪烁
闪烁
闪烁
满是诱惑
一两缕清风拂过
三四朵桃花飘落
飘落
飘落
全是快乐

勇敢面对

人生
有时明白
有时糊涂
有时活在红色的希望中
有时活在灰色的迷茫里

谁可以超然到抹去颜色
如果一生真是空白
也许就白过一生了吧
该求的求吧
该丢的丢吧
该来的该去的
你能阻止得了么
活在当下，唯有面对

关于孝

发芽了
生命在风雨中迎接阳光
落叶了
生命在阳光里经历风雨
我们能控制风雨阳光么
我们唯一能做的是
该发芽的时候发芽
该落叶的时候落叶
自然生长

孝
不仅仅是陪伴

我是一棵草

我是那么渺小的一根草
枯萎了的时候就点燃我吧
那样我还能产生一点热去温暖你
还能发出一点光去安慰你

你到家没有

你到了没有
你到了没有
别害怕
我的心在陪你一起走

文化中心金龙大道龙凤
踏着深夜十点的夜色
你到了没有

恩施常德长沙上海
几千多里的山水
我不怕心在夜里迷路
我只担心

只有你到家了
我的心
才会往回走

醉言

我付出了忠心的人防备着我
我随意付出的人却牵挂着我
请不要再对我有虚伪的承诺
我要为自己愚昧的承诺改错
世界上根本就没有救世主
你只需忠诚于自己的魂魄
如果你愿意在一棵树上吊死
埋葬你的就只有枯枝和叶落

梦想就像一幅画

那年的夏天
我离开了家
独自一人闯天下
辞去了公职
离开了亲人
了解我的人都说我很傻

寒冷的冬天
我特别想家
伫立雪中像傻瓜
高楼的灯火
五彩的烟花
哪一个窗户是我温暖的家

带露的花蕾
新生的幼芽
梦想在春天开了花
融化的寒冰
欢快的浪花
追逐的梦想就像一幅画

过风雨桥

诗画的清江啊
深情地托着
盐神贞洁的情
从远古美到现在

风雨桥啊
氤氲中的真实
真实中的虚幻
谁陪你经历这风雨

参照

参照物太小
会觉得自己很大
参照物太大
又觉得自己很小

致太阳花

我的失眠
是因为被你染成了金黄的梦境
我的失眠
是因为满耳有你的声音
噼噼啪啪地燃烧着
天空再也不见阴云

我的失眠
是因为被你芬芳了淡雅的心灵
我的失眠
是因为满腔有你的热情
爽爽朗朗地放射着
世界再也不觉寒冷

我浑噩的日子
就躺在你热辣的诗情里
像那些花蕊
成熟为一朵向日葵

很多时候， 你都是一个人

电影院

大街上

坐在山顶

······

很多时候

你都是一个人

梦中飘过一朵云

梦中飘过一朵云
洁白的心灵
闪亮的眼睛
她要带我去寻找光明

我禁不起那香风的飘逸
我禁不起那柔雨的叮咛
我看见穿透她身体的阳光
便又觉得自己还很年轻

梦中飘过的一朵云啊
渐渐滤过我心湖的杂尘
在那心湖里边长出的纯真
便是那朵梦中的云

打开窗户

只要我们
勇敢地打开心灵的窗户
我们就能看到
宽广而蔚蓝的天空
就能享受到
灿烂而温暖的阳光
就能够呼吸到
更加清新的空气
打开窗户
是一种开放的态度
更是一种接纳的胸怀
有一天你会发现
你的眼界有多宽
你的心胸就有多广
你的思想能够走多远
你的世界就有多大
打开窗户吧
朋友们

我是一条鱼

一

纪年绝壁

斧削刀劈

长坝横亘

绿水倒流

蜿蜿蜒蜒几十里

叶生叶落

花开花谢

日日有期

年年失意

来来回回几十里

我是一条鱼

一条不安分的鱼

二

谁能借我翅膀

飞下堤坝去

谁能借我胆量

给我纵身一跳的勇气

只等得年复一年斗转星移

倾盆暴雨
洪峰又起
不要再躲避
不要再犹豫
跳下去跳下去

跳下去跳下去
这一跳
从山顶到山底
这一跳
就有滔滔清江八百里

三
我是一条鱼
失去了碧水清波的安逸的鱼
到了大江就只能选择大海
是再也无法回去

我也不想回去
谁能知道
当金色的阳光洒向宽阔的海面
我心里是多么的激动与欢喜

希望圣洁的白云
能带回我的消息
告诉大龙潭的伙伴
浪尖上的生活是多么快意

拜托多情的清风
能成为我的信使
在明月朗照碧绿的水面的时候
将我思恋亲人的细节捎回云

爱情

每对相爱的人，因为爱情，彼此失去了很多
如果因为爱情，最终将爱情也失去了
最后拥有的，就只剩下折磨
每对相爱的人，因为爱情，最终只剩下折磨
如果还想活着，索性连折磨也不要了
最后剩下的，还会有一个空壳
未来只剩空壳，因为活着，独自茫然地走着
没有甜言蜜语，也不会有批评指责了
可是亲爱的，难道这样就快乐
相爱的人儿啊，因为爱情，我们不要再折磨
彼此付出很多，应该珍惜爱情的甜果
未来的路上，一起捡拾快乐
未来的路上，用快乐填满空壳
未来的路上，用快乐填满空壳

晚点的车

晚点的车
不会考虑
那些迎接的人
心都烧焦了

候车厅里的空调死了
蒸着一颗颗头
嘀答嘀答地流油

黏黏的空气
沾在气管上
无形的舌头
无耻地舔着每一处
裸露的皮肤

长长的站台
还是长长的等待和孤独
这个站台的等候
连着下一个站台的等候

8号上铺

你能清楚地听到
时间在铁轨上哐当哐当地行走
你能感觉得到
生命在时空中平稳或者是晃悠
你闻得了空气中
混杂的各种气味
你听得了四处
各种各样的声音
你躺下或是走动
始终都在这列车上
你还能想到
在碧绿的草原驰骋
在蔚蓝的大海前行
在花前漫步
在月下吟诗
人生在于你
便是真实的存在
便是虚幻的浪漫
便是不负你的生命

天空很高远

半透明的洁白的薄纱

飘得很高

离我很远

我知道

那是岁月

曾经属于年少的浪漫

岁月的天空

很高远

我看见

树立我目光的支架

稳稳地顶着我的天空

春天要来了

巨雷碾碎了黑夜
电光催开了花
滴答的雨还在下
我知道
这个寒冷的雨夜过后
春天就来了

只能一往无前

当长途汽车启动了
你便只能一往无前

如果你吐得天昏地暗
你可以在临近站结束旅程

但是你永远也到不了
你想要的到达

出路

掉进坑的人
不是都死了
还有人
在寻找出路
没有寻找出路的人
的确死了

人生

什么是人生
很多人已不屑去想
通达或是麻木

最痛苦的是
像我这样的人
想不明白却偏偏还要去想

其实人生像冬天枯枝上的雪
你说了无生机却又开着花
那么的透露着生命的气息
但又像春天那满树的迎春花
那么的充满着生命的气息
但却又分明地看见枯枝的死气

人生是什么
是迷茫到迷茫的过程
好像又是
清晰到清晰的过程
好像什么都不是
好像什么也都是

那么， 坦然吧

哪怕是新生，比如活过来的冬青
但是毕竟不是原来的冬青
曾经的峥嵘和枯败
曾经的风雨和日月
那，都是，曾经

你应该感到幸福的是
你还能感知一切
可以读书、写诗、难受或高兴
世界的存在是因为你还存在

时光在江水里摇曳
随着倒映的灯光
深邃的黑里正在酝酿第二个日子
黎明的微光、蓝天、白云
小鸟的歌唱、绿树、红花
即便是乌云滚滚，暴雨倾盆
那也是一个生动的世界
因为，你能感知得到

一切都可以重新开始

一盏盏灯，在江水里点亮
清江呈现出深邃的黑
除了时间在灯光处泛着波纹
我看不见现在、过去的一切
更不必说那虚妄的未来

假如，我现在纵身一跃
跳进时间的河流中
是否可以进入曾经的某个时间节点
然后，重新开始，那么
一切是注定了重复一遍，还是
可以用现在的智慧重新来过

假如，我现在进入了河流中
那历史的河水是否可以洗濯一切记忆
包括，贪婪、自私、抱负、情感
是否可以将我整个的身子、记忆、思维
格式化成出厂的状态

时光在江水里摇曳

被江水洗濯干净，清空

一切都可以重新开始

比如花，比如草，比如

这条河

荒

当你选择厌恶了土地
你不会失去你的土地
但是，你会失去成熟的果实

当你选择逃避
你不会失去你的时间
但是，你会失去活着的意义

土地荒了还长草
自信荒了就只有无聊

婴儿般的梦

午夜的风
划割着满是皱纹的脸
凄冷的雨
浇灭了最后一星火焰
篝火熄灭
人已经散去
荒凉的时空里
只留下声声叹息
我做的梦
还睡在婴儿的摇篮里

恍惚

恍惚间，清醒地看见
一个打盹的垂钓老人不恍惚

渔竿兀自伸向浑浊的河水里
另一头在老人的脚板下面

橘红的漂子没有动
混浊的时间也没有动

老人没有动
我也动不了

我很期待鱼赶快上钩
鱼上钩了，我就活了

我也不想鱼赶快上钩
鱼上钩了，老人就走了

一直向前

昨天
你追逐着梦想
是那么的幸运
拥有了别人羡慕的辉煌
在无知自大中
高举着梦幻炫耀着虚伪的勋章

昨夜
你的梦想破碎
是那么的凄凉
承受着蚀骨贫血的绝望
在孤独寒夜里
蜷缩在角落跪舔着仅剩的沮丧

今天
面对一地残骸
两眼浑浊迷茫
看不见起死回生的希望
在冷眼嘲笑中
行走在雪地追寻着惨淡的阳光

既然你没有别的选择
你就勇敢地面对挫折
既然你已经没有了退路
你就迈开步子一直向前

你曾经犯下的那些过错
没有人会为你吟唱赞歌
你若是还有一丝生念
你就勇敢地一直向前

一直向前
奋斗没有终点
失败才是成功的起点

朦胧与真实

我们看得见的朦胧
是雾，是烟，是长远的时空

我们看得见的朦胧
是遮，是隐，是虚幻的真实

有时候
看得见的真实是朦胧
有时候
看得见的朦胧是真实

花朵在雾中隐约可见
山峰在雾中只露顶端
你说，什么是真实
什么是虚幻

真理被谬论遮掩
真相外面包裹着谎言
你说，什么是真实
什么是虚幻

看得见与看不见
想或是不想
做与不做或者说与不说
什么是真？什么是假

有时候你赞叹的
也许是遮掩真实的朦胧
也可能是
朦胧里面的真实

糊涂与清醒

我糊涂的时候
你是清醒的
你不糊涂

你糊涂的时候
我是清醒的
我应该跟着糊涂

就像山与雾
你是山
我是雾

爱情

爱情，是两个人的温存
爱情，也是两个人的战斗

你记得，那怦然心动的感觉
就像是，触电之后的酥软
无比美好
他或她
就是另一个人的全宇宙

你记得，你们去过的每一个地方
郊外小路上的十指相扣
某个地方的温情相拥
空气都是甜滋滋的味道
风雨都是暖融融的诗篇

暴风雨来临的时候
你们亮出宝剑
用最狠的招式刺向对方的心脏
然后用眼泪和鲜血疗伤
让爱情结茧，变得脆弱又坚强

大自然就这样提供广阔的空间
任你们缱绻缠绵，拥有一颗糖的甜蜜
任你们大显神通，因为一片鸡毛开战
在灵魂的最深处
感动或是受伤

也许，秋天的果园里
挂满了成熟的果子，叶子都是甜的
也许，冬天的被窝里
蜷缩着孤独的身子，血液都是冰的
爱情，就是两个人的战斗

如果输了，就
都输了
如果赢了，就
都赢了
如果没有爱过，你不配

我拿新书打死一只蟑螂

买的新书，到了
刚打开看一页，里面
蹦出一只蟑螂

我拿新书打死了它
怀疑有毒
找来九十度的酒精
再阅读
不知道写了什么

执子之手

电梯打开的瞬间
老头牵着老伴的手
蹒跚地走进电梯
十指紧扣，像两个孩童

我们相对
老伯眼中满是戒备
阿姨眼中流露幸福
我眼中填满甜蜜

有多少夫妻
可以携手到老
我还是你的港湾
你还是我的心肝

修路

五年前我来的时候
这条路刚修好
柏油路面，平整
车子像开在玻璃上

两年前经过
这条路到处起了坑
像是整容后的糜烂
车子如开在河道里

今天，绕道而行
这条路在重修
路的寿命终结了
主持修路的人，还在否

有人说，尽管
这个世界破破烂烂
总会有人，修修补补
不用太悲观

等待

他们挂牌休息
我们在等待

他们挂牌工作
我们在等待

他们挂牌下班
我们明天再来

暴雨

昨天傍晚
儿子发了一个视频
南昌突发暴雨
他担心我和他妈
我们担心他

今天凌晨
恩施突发暴雨
我跟两边父母打了视频电话
我们担心他们
他们担心我们

灵魂的自我救赎

蒲公英飘散的四月
我出发了
到长春、沈阳、天津
到郑州、西安、西宁
到上海、广州、南宁
到成都、贵阳、昆明
到武汉、合肥、长沙

我是一粒蒲公英
飘了很多年
时间掏空了我的身子
世俗吞噬了我的灵魂

折腾够了
终于可以坐下来
救赎灵魂
我细细咀嚼，那些
凝聚了魂力的文字
我四处寻找医生
拖着病体攀上冰峰
想要求得一株雪莲

一个人最大的悲哀
是不知所措

把日子捧在手心里

夜，黑夜。流浪的灵魂
把日子，捧在手里
害怕她碎了

挂在一棵枯树上的沙漏摇晃着
有日子坠落的迹象

如果，把灵魂
刻在一块石头山或者盖上一层土

是不是就不用担心
日子破碎，沙漏停止摇晃

夏天的雨， 冬天的雪

雨落在雨棚上
把心射得千疮百孔
鲜红的血把玫瑰染成黑色
冬天的雪捂热一颗冰冷的心

雪盖在土地上
为种子杀死病菌
希望在春天破土而出
夏天的雨打落玫瑰的花蕾

无心的伤害让人忏悔
故意的伤害理直气壮
我想把夏雨变成冬雪
又想把冬雪变成夏雨

清晨， 残梦

发动机轰隆隆，喊醒我
清洁工，把我昨天打死的蟑螂
倒进了垃圾车，还有，我这几天的咳嗽
这才清晨六点多，我讨厌那个勤快的人
把我的梦，割断两半
一半留在昨天，一半丢在今晨

咦咦哟哟，咦哟咦哟
不知名的鸟，叼着我的残梦四处宣唱
废弃的声音装进垃圾袋
滴滴答答，滴答滴答
雨洗刷罪痕的渣，装不进垃圾车
还在洗涤，微弱的残梦
我想继续睡一会儿
飞机掠过，把剩的一丝睡意都带走了

梦，丢在铺上，伤痕累累
我去过的所有地方，不见踪影
点根烟，冥想，春天的花已全部凋谢
时间的垃圾桶里，塞满了枯萎的花瓣
残梦在垃圾桶里沉睡，已到垃圾场
青烟飘散，我不想点第二支烟
也不想清洁工，明天，来这么早

我等待的风

风，我曾在六月，母亲的田边
等待你，大汗淋漓，用每一滴血
看土地皲裂，看冬青枯死
看我的心，产妇的奶水
慢慢干瘪，只待一把烈火

我曾
看见你在天空掠过
云起云涌云来云去
我曾
在大海的浪花里
感受海兽的心惊肉跳
我曾
在草原
在山岗
在沙漠
在我可以到达的地方
感受你的暴烈和温柔

风，去年的六月过去了
冬青的枯叶埋在时间的缝隙里
风，今年的六月来了
枯死的冬青又长出了几片新叶
我看见了你的抚慰
在新叶的摇动中喋喋不休
不要怀疑生命的力量
她不需要。荒野间的树，花，草
沙漠里的骆驼，江海里的鱼，珊瑚
都不需要。风，不要怀疑生命的力量

狗及其他

一

清早，一只疯狗

两只耳朵耷拉成狠毒的三角眼

从地下车库窜出来

咬我的轮胎

我踩几脚油门

尾气充伤了它的眼睛

它呼唤主人

它报警

主人没有理睬它

警察没有理睬它

它从下水道走了

二

狗之所以猖狂

是仗了人势

失去主人的狗

连狗都不是

三
狗疯狂
不要跟它一样疯
不然
连狗都不如

四
狗疯狂
不要任由它疯狂
不然
它还会咬你

镜子

镜子，在空中
像一轮圆月

圆月，在手里
是一面镜子

月亮，映照着历史
镜子，反射出人性

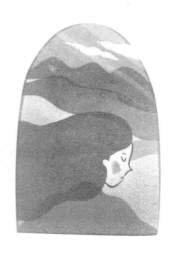

铁器

一把铁器

有一把铁器的命运

三尺剑赢了霸王枪

剑随主荣

剑霸天下

天子剑斩了主人首级

剑随主陨

不详于世

时间在铁墩上把铁器打热

兵器越来越冷

铁器没有消失

在岁月里延伸冰冷的基因

在厨房，在手术台

诗人还有火星子飞溅的联想

一盘回锅肉或者被切割的器官

或者，雅典娜的柔情里

映射出来的人海尸山

总是难以去享受铁器的美

比如栏杆，器皿抑或雄伟的建筑

在历史的水雾里
只看见镖铐上红色的血迹
看见十八般兵器更替朝代搅动江湖
打出一些道理

铁器谱写了很多辉煌的历史
历史埋藏了数不尽的铁器
我们站在历史新的层面上
像铁器

睡

眼睛睡在鼻子旁边
鼻子睡在嘴巴旁边
细胞睡在床上
我拿一把扇子
轻轻地给他们扇着风

初秋的夜晚不太热
希望他们有一个深睡眠

十月十八日去武汉

正坐在飞机的翅膀上
翅膀末梢挑着的朝阳
是个大窟窿，红红的
远山黛青，静等飞翔

强光。强光
强光之下是苍茫
苍茫。苍茫
苍茫之外亦苍茫

只能向前啊
迎着那个窟窿
时间是飞行的光
流逝在飞机的翅膀

思绪之痕

一

小时候

风车在孩子手里

旋转快乐

现在

长大的孩子

在山顶搭建风车

旋转汗水

二

墙外有一条狗

墙内有一条狗

它们的快乐

是发现了一个洞

上帝的快乐

是在墙上打了一个洞

三

蚂蚁在洪流中
爬上一片叶子上了岸
叶子飘走了
蚂蚁抱怨
要是没有叶子
它不会离开故乡

四

深山里，空房子越来越多
屋前屋后的李子
落了一地

单元房子的阳台上
盆栽了一棵李子树
年年都不结果

五

在旧货市场音箱店
看到了
我去年被迫卖掉的一组音箱
四百块钱卖掉的东西
买回来要四千

六

别人送的一条好烟
我珍藏了一年都舍不得打开
今天打开了
是一条假烟
我才知道
有很多包装是不能拆的

看穿黑暗

今天的太阳
照不亮明天的夜晚
我们必须，在今天天黑之前
赶到某个渡口，我们必须在今晚
学会在黑夜里摸索前进，或者
练就一双看穿黑暗的眼睛

黑夜并不可怕
可怕的是
眼睛里没有光，或者
眼睛看不见光，或者
光太绚烂，淹没了你的眼睛
看穿黑暗，就会看见光

当我老了的时候

在镜子里面
看过半的白发
恍惚间才意识到
我开始老了
先是妻子喊我老公
再是儿子喊我老爸
再是朋友喊我老徐

当意识到
自己老了
才突然间发现
父母老了
他们，是什么时候变老的
他们，不是一直喊我叫儿子么
这个事实让我惊恐
镜子里的皱纹里
有了深深的忧伤

嫁诗

诗人，喜欢自己的诗
每一首，都是他的女儿
诗人要把女儿嫁出去

媒婆给了很多选择
诗人想给每个女儿找到合适的婆家
诗人不知道哪个婆家适合哪个女儿
只好让女儿们站在媒婆面前
让媒婆选择

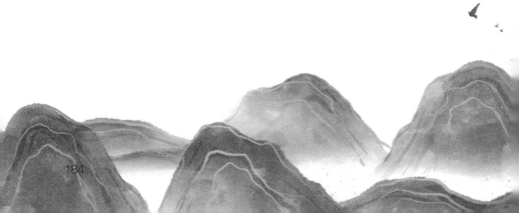

我不懂的人心

十年前，我搬进了城里
邻居有人不开心
后来，听说张三修了新房
我为他高兴
听说，李四买了新车
我为他高兴
听说王五的孩子考了好大学
我为他高兴
去年，听说我破产了
有的人，也为我开心

我理解你

你嫉妒别人
我能理解
因为你比不上别人

你幸灾乐祸
我能理解
因为你终于看到了别人的不好

我理解你
蚂蚁肯定惊恐大象的一寸伤口
就像小草欢呼大树被吹落了一片叶子

头发

脱落的头发
是逝去的日子
没有脱落的白发
是未来的日子

远方

下午一阵大雨后
黄昏前的太阳在高大的楼房后面
把清江河对岸的高楼
照得亮堂堂，河水暴涨
奔流的声音被车辆穿梭的引擎声淹没
思绪溯流而上，宁静降临
我坐在群山中间的草坪上
看一条小河拉拽我的心蜿蜒向前
消失在远处的山脚

夕阳渐渐漫上八仙洞
山脚村庄的炊烟
无比温情地召唤着家人
每一条山路上，都走着回家的人
扛着锄头或背着一捆东西
各种腔调在晚风里飘荡
这一刻，只有宁静

牛停止了吃草
小黄狗站了起来
我还不想回家

抢着时光继续看书
我看书像看远处的山
恨不得把山看穿
想看看小河奔向的远方
到底有什么

远方就是我现在看到的高楼
还有清江里面闪耀的灯火
还有，我仍然看不清楚的远方

独酌

我要用心地做几个菜

好好地招待自己

从酸水坛子里，捞出四十年的酸萝卜

和着心，炒一盘心酸

取一根苦瓜，加上黄连，榨尽苦汁

翻烤最辣的七姊妹辣椒

捣碎后倒点泪和汗，搅成一盘凉菜

等着恍惚的时候，刺激一下神经

酒，要用小火熬

把最甜的蔗糖倒进壶中

慢慢地熬，慢慢地熬啊

把日子熬得甜一点

然后，拿起筷子

品尝几十年的酸苦辣

端起酒杯，对自己深情地说

干杯，人生很短

你要对自己好一点

跋
将飞散的群峰招进蜂桶

杨秀武

我一直试图越过写跋的惯例写跋。

始终不遂，直到，我读到徐升的诗集电子版《那些痕》。

读他的诗，继而读徐升。

我便开始胡思乱想，继而胡乱涂鸦。

我用的标题，是抄袭徐升的一首诗歌的一行诗句。

这一行诗对我触动极大，原来好诗是这样长出来的。

在熟悉的场景中制造出陌生的语言效果。

靠什么呢？靠让人眼睛一亮的意象。

恩施盛产山，山盛产峰。

山压着山，峰踹着峰。

我曾无数次地在山，在山峰中。

寻觅陌生的意象，通过各种视觉。

然而所有的意象都是熟悉的。

虽是一种理想主义的色彩关照。

但没有提出生命之问。

所以我写山的近百首诗歌，没有一首让人记得的。

或者说没有一行能让人记得的。

徐升的《瞎子斯田》是这么写山的。

金色的阳光，经过斯田

慢慢流向屋后的山顶，他的影子

回到了他的身体里，陪同他

和趴在身边的老黄狗，安静地等来夜晚

夜已经很深了，在夏天

只有他养的蜜蜂、鸡、牛，还有

老幺和他的孩子们都睡了

斯田才关上大门，让日子也睡下来

那是四十多年前吧，他陷入回忆

灰蒙的眼眶像遥远的宇宙，深邃

深邃得淡然，似乎被炸瞎的不是他自己

他是在讲，一个英雄的故事

修家乡的公路，他是开山劈石的神勇

只有他懂得在凿开的石洞中，如何

放炸药，如何不让石头飞起来

如何，用同等量的炸药撕裂更多的顽石……

徐升笔下的山讲的是关于山。

自然景观与现代地理诗学的生成。

是对某种潜意识山的诗性再造。

通过人的呼唤属于山的内在面向。

无论是故事的表达还是方言和风情的使用。

都是对山的一种重构而触及了山的限度。

这限度是山制约了山里人又造就了山里人。

山的冷暖在徐升的诗歌里。

契合了当代人孤独又向往的乐观态度。

对于山的意象，徐升的别出心裁和独具匠心。

一个养蜂人把群峰招进了蜂桶。

蜂桶里倒吊着的蜂叶子，像喀斯特地貌的群峰和石柱。

倒影在清江里，熟悉的场景。

在陌生的语言效果里，不得不让读者拍案。

著名诗评家刘波说：

用词语的组合去照亮他写到的山水。

风物和人事，其内在的穿透力不在于语言变形。

而是他对人世万物的理解与感悟。

徐升这个人个子不高，他为人的低调是不是这个因果。

但他面对成功和面对挫折保持着同一心态。

我以为这是山的一种根本心理素质。

我在《诗刊》读过他写的山，在《星星》读过他写的山。

当诗人清醒地凝视山。

山也会反向审视诗人的行动。

因此，我有理由期待徐升事业的辉煌和相信徐升写出更好的诗歌！

【杨秀武，苗族，湖北恩施人。出版诗集 8 部，散文集 4 部，先后获得湖北文学奖、湖北屈原文艺奖、全国少数民族文学创作"骏马奖"。2015 年，被湖北省政府授予"优秀少数民族文艺作品创作者"称号，有作品入选中央民族大学主编的高校教材。】